DISNEY
EL JOROBADO DE NOTRE DAME

MOUSE WORKS

Una mañana, mientras las campanas de la gran catedral de Notre Dame resonaban sobre los tejados de París, un titiritero gitano llamado Clopín entretenía a un alegre grupo de niños que se había reunido frente a su teatro de marionetas.

4

—¡Escuchen! —dijo Clopín—. ¡Qué hermoso suenan! Pero, ¿no pensarán que las campanas se tocan solas?

—Ah, ¿no? —preguntó la marioneta que Clopín tenía en la mano.

—No —respondió Clopín, señalando el campanario—. Hagan silencio y les contaré una leyenda; la leyenda de un hombre... y un monstruo.

Los niños escucharon a Clopín narrar la
historia de una familia gitana que había llegado a
París hacía casi veinte años, sólo para ser recibida
en el muelle por el malvado juez Claudio Frollo y
sus brutales soldados. Frollo despreciaba a los
gitanos pues, para él, representaban todo lo malo
que había en el mundo.

Cuando se llevaban prisionera a la familia, Frollo notó que la gitana abrazaba un bulto.

Le ordenó a los soldados que se lo quitaran, pensando que eran objetos robados. Aterrorizada, la mujer cruzó la plaza corriendo, subió por las escaleras de la magnífica catedral de Notre Dame y golpeó las puertas con desespero.

—¡Santuario! —gritaba—. ¡Santuario, por favor!

Frollo persiguió a la gitana para arrebatarle el bulto. En medio del forcejeo, ella cayó sobre las escaleras de piedra y se golpeó en la cabeza. Mientras Frollo contemplaba a la gitana muerta, el paquete que tenía en sus brazos empezó a llorar.

—¿Un bebé? —murmuró Frollo desenvolviendo la manta—. ¡No, un monstruo! —dijo atónito, al ver a la criatura deforme.

Frollo se disponía a lanzar al bebé en un oscuro pozo, cuando la voz del párroco rompió el silencio de la noche y lo detuvo. De súbito, bajo la mirada vigilante de Notre Dame, Claudio Frollo temió por su alma. Cuando le preguntó al párroco lo que debía hacer, él le dijo que adoptara al bebé y lo criara como suyo. Frollo estuvo de acuerdo, pero con la condición de que el niño se quedara viviendo en la torre del campanario.

—¿Ahora, pueden adivinar quién era el hombre y quién el monstruo? —le dijo Clopín a modo de adivinanza al público que lo miraba embelesado.

16

Arriba, en lo alto del campanario, vivía un hombre joven que no sabía nada acerca de Clopín ni de la leyenda. Tampoco sabía nada del mundo que existía abajo, aparte de lo que podía ver desde su hogar en la torre. Se llamaba Quasimodo, y había pasado todos los días de sus veinte años de vida en Notre Dame, donde su tarea era tocar las magníficas campanas.

Aunque Quasimodo vivía solo, tenía tres compañeros fieles — Hugo, Víctor y Laverne. Para todos los demás, estas criaturas simplemente eran unas gárgolas de piedra, pero para el bondadoso Quasimodo, sus tres amigos estaban vivos y siempre conversaba con ellos. Hoy, el trío esperaba alegre el ritual de todos los años: Observar el Festival de Bufones con su amigo humano.

Sin embargo, Quasimodo simplemente entró en su cuarto y miró con tristeza la maqueta en miniatura de la ciudad que había construido con tanta perfección.

Laverne siguió a Quasimodo y le preguntó:

—¿Alguna vez has pensado en ir al festival?

—Es en lo único que pienso —le dijo—. Pero allá afuera no hay lugar para mí. Frollo, mi amo, me ha dicho que... no soy normal.

No obstante, las gárgolas insistieron en que fuera al festival, hasta que finalmente lo convencieron.

Frollo apareció justo en el momento en que Quasimodo llegaba a la puerta. Al repasar las lecciones del día, Quasimodo le confesó que había estado pensando en ir al festival; pero Frollo le explicó a Quasi que la única manera en que él lo podía proteger de la crueldad de los ciudadanos era manteniéndolo en la catedral.

Abajo, en la plaza, estaba Esmeralda, la hermosa gitana, tocando una pandereta; y mientras Djali, su traviesa cabrita, danzaba al ritmo de la música, los transeúntes lanzaban monedas en un sombrero. En medio de la muchedumbre estaba el apuesto Febo, el nuevo capitán de la guardia, quien acababa de llegar a la ciudad. Él se fijó en Esmeralda y sus miradas se cruzaron un instante. De repente, un gitano avisó que había peligro, así que Djali tomó rápidamente el sombrero en la boca para huir, pero las monedas rodaron por el suelo. Cuando Esmeralda corrió a recogerlas, llegaron dos soldados.

Seguros de que Esmeralda se había robado las monedas, los soldados la atraparon y le arrebataron el sombrero. Esmeralda luchó por soltarse, y con un poco de ayuda de Djali — que le dio un topetón en el estómago a uno de los soldados — finalmente pudo escapar. Febo hizo que su caballo, Aquiles, se sentara sobre el otro soldado, dándole así tiempo a Esmeralda y a Djali de escapar por un callejón.

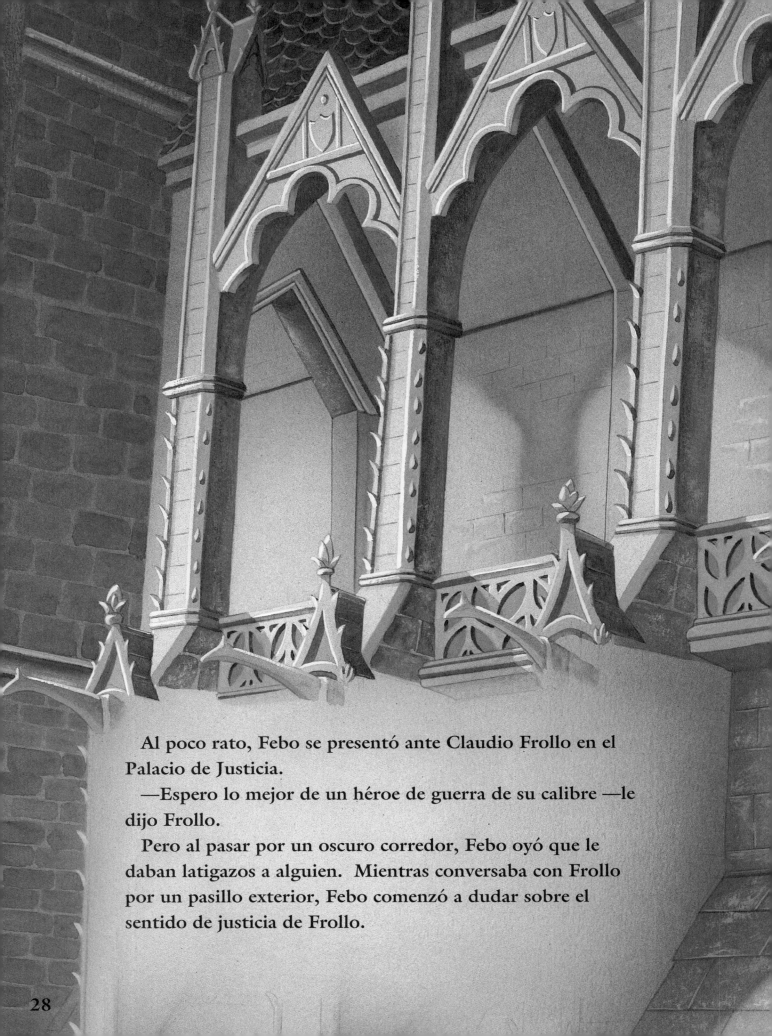

Al poco rato, Febo se presentó ante Claudio Frollo en el
Palacio de Justicia.

—Espero lo mejor de un héroe de guerra de su calibre —le
dijo Frollo.

Pero al pasar por un oscuro corredor, Febo oyó que le
daban latigazos a alguien. Mientras conversaba con Frollo
por un pasillo exterior, Febo comenzó a dudar sobre el
sentido de justicia de Frollo.

—¡Mire, Capitán... gitanos! —dijo Frollo con seriedad, señalando a la delirante multitud que rodeaba a Esmeralda para verla bailar—. Creo que tienen un refugio dentro de los muros de esta ciudad. Lo llaman «La Corte de los Milagros».

—Y ¿qué vamos a hacer al respecto, señor? —preguntó Febo. Como repuesta, Frollo tomó una piedra y aplastó un nido de hormigas que había encontrado bajo la baranda.

Mientras tanto, las gárgolas finalmente habían convencido a
Quasimodo de que siguiera adelante con el plan de asistir al
festival. Encubriéndose con una túnica encapuchada, Quasimodo
descendió por un costado de la catedral. El Desfile del Día del
Desbarajuste estaba en su apogeo. Por todos lados había gente
vestida con cómicos disfraces, músicos y campesinos bailando en la
plaza. Aunque trató de pasar desapercibido, Quasimodo no pudo
evitar verse envuelto en medio de los festejos.

Mientras buscaba un lugar para esconderse, el angustiado joven perdió el equilibrio y cayó dentro del camerino de Esmeralda.

—¿Estás bien? —le preguntó la bella gitana, quitándole la capucha. Quasimodo se agazapó, en espera de un grito de horror; sin embargo, ella sólo le hizo un cumplido—: ¡Esa máscara es muy buena!

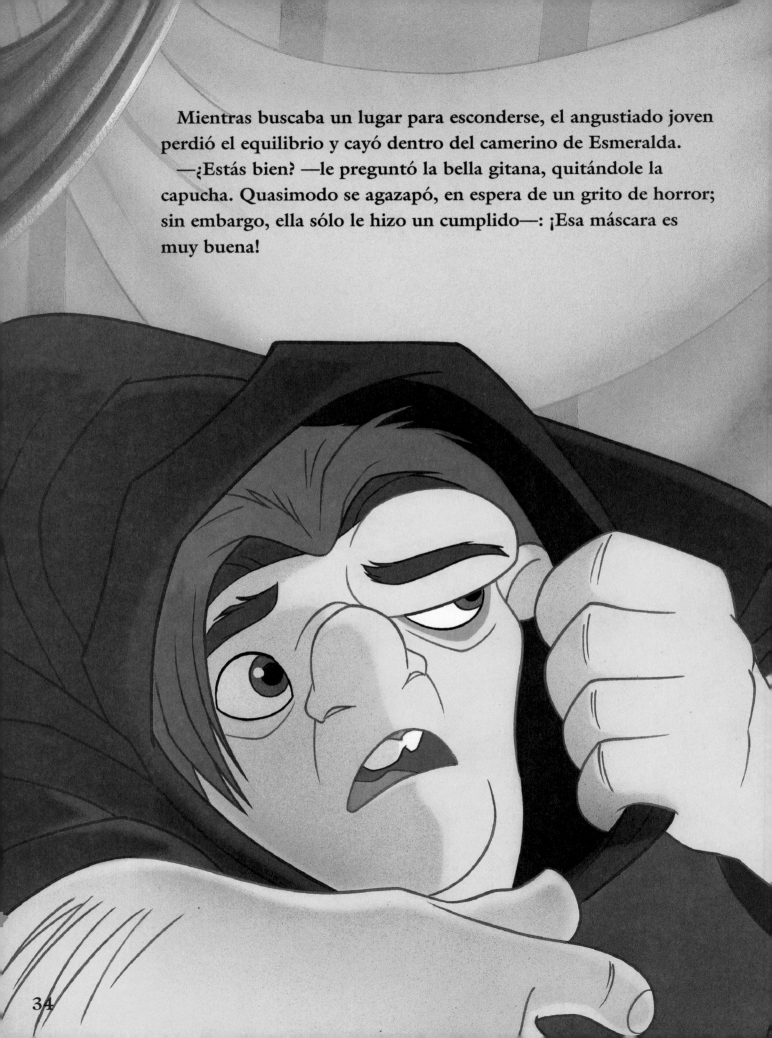

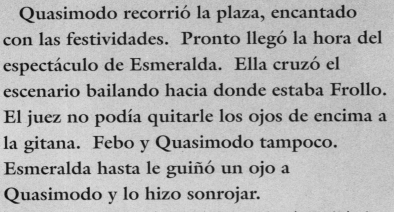

Quasimodo recorrió la plaza, encantado
con las festividades. Pronto llegó la hora del
espectáculo de Esmeralda. Ella cruzó el
escenario bailando hacia donde estaba Frollo.
El juez no podía quitarle los ojos de encima a
la gitana. Febo y Quasimodo tampoco.
Esmeralda hasta le guiñó un ojo a
Quasimodo y lo hizo sonrojar.

Cuando terminó de bailar, Clopín salió de
nuevo al escenario para anunciar la
coronación del Rey del Festival de Bufones.

Mientras que la gente se subía a la plataforma con sus máscaras grotescas, Esmeralda vio a Quasimodo y lo subió al escenario. La gitana pasó frente a cada uno de los candidatos a Rey de los Bufones y les quitó las máscaras, pero cuando le llegó el turno a Quasimodo, Esmeralda se dio cuenta de que éste no llevaba máscara. El público gritó asombrado.

—Queríamos la cara más fea de París —dijo Clopín—. Pues aquí la tenemos.

A Quasimodo lo pasearon por las calles como el Rey de los Bufones más feo que jamás hubiera existido; pero al poco rato, la multitud comenzó a arrojarle frutas y a burlarse de él. Frollo no hizo nada para ayudar, ni siquiera cuando pusieron en el cepo a Quasimodo, quien muy asustado, pedía ayuda.

Esmeralda corrió al rescate de Quasimodo. Frollo se enfureció y ordenó arrestar a la bella gitana. Luego de una loca persecución, Esmeralda logró esquivar a los soldados y pronto ella y Djali se introdujeron en la catedral. Febo los siguió, pero en vez de arrestarla, le dijo a Frollo que ella había clamado santuario. El párroco llegó junto a Esmeralda, asegurándole que estaría a salvo dentro de los muros de la catedral.

A su regreso, Quasimodo, con el corazón destrozado, observaba desde un escondite a Esmeralda mientras ésta recorría la catedral. Cuando él salió corriendo hacia su cuarto, ella lo siguió. Quería disculparse por lo que había pasado en el festival.

En lo alto del campanario, Esmeralda felicitó a Quasimodo por la maqueta de París en miniatura que había labrado. Al hablar con ella y ver que era una persona bondadosa, Quasimodo comenzó a pensar que lo que Frollo le había dicho acerca de los gitanos no era muy cierto. Y cuando Esmeralda le dijo que él no era un monstruo, como decía su amo, Quasimodo deseó con toda su alma que eso fuera verdad.

44

Quasimodo le mostró a Esmeralda una ingeniosa manera de escapar de la catedral sin ser vista. Las tomó en brazos, a ella y a Djali, saltó con destreza de la torre del campanario, y bajó rápidamente por la pared de la catedral. Cuando llegaron al suelo, Esmeralda lo besó y le dio un collar tejido.

—Te ayudará a encontrar La Corte de los Milagros —le dijo, y luego huyó.

Al regresar al campanario, Quasimodo se encontró con Febo, que estaba buscando a Esmeralda. Le pidió a Quasimodo que le dijera a la gitana que él no pretendía hacerle daño. Cuando Febo partió, las gárgolas le dijeron que ellos pensaban que Esmeralda estaba enamorada de Quasimodo, y aunque él les respondió que estaban equivocadas, deseó en secreto que fuera realidad.

Cuando Frollo se enteró de que Esmeralda había escapado de Notre Dame, le ordenó a sus soldados que registraran cada edificio de París. Enfurecido por su búsqueda infructuosa, incendió incluso la cabaña de un molinero, pues estaba seguro de que esa familia había dado refugio a gitanos.

En ese momento, Febo se dio cuenta de la crueldad de Frollo. El valiente capitán entró en la casa que aún ardía y rescató a la familia. Inmediatamente, Frollo lo condenó a muerte. Cuando iba a ser ejecutado, Esmeralda asustó al caballo de Frollo y Febo logró escapar.

Al huir, Febo fue herido por una flecha y cayó al río. Aunque Frollo lo dio por muerto, Esmeralda lo rescató y lo llevó a Notre Dame.

Al principio, Quasimodo pensó que la visita de Esmeralda significaba que ella realmente sentía algo más que amistad por él, pero después se dio cuenta de que sólo quería que él ocultara a Febo. Cuando Quasimodo la oyó hablarle a Febo, comprendió que ella quería al capitán y esto le rompió el corazón.

—Prométeme que no dejarás que le hagan daño —le dijo Esmeralda a Quasimodo, viendo el carruaje de Frollo llegar inesperadamente.

Frollo subió al cuarto de Quasimodo y se sentó a la mesa que escondía a Febo. Notó que Quasimodo actuaba de manera extraña y eso le hizo sospechar algo. Al poco rato, Frollo reconoció a Esmeralda en una pequeña figurita tallada que Quasimodo había añadido a su ciudad de juguete.

—Ella no te atormentará más —dijo el juez quemando la muñeca y dirigiéndose hacia la puerta—. Yo sé dónde queda su escondite, y mañana al amanecer atacaré con mil hombres.

51

Tan pronto como Frollo salió, Febo le pidió a Quasimodo que le ayudara a encontrar a Esmeralda. Pero Quasimodo, triste, confundido y con miedo de desobedecer a Frollo otra vez, rehusó ir con él. Febo se fue solo y deprimido.

Finalmente, recordando su amistad con Esmeralda, Quasimodo decidió ayudarle a Febo a encontrar a la gitana para salvarla de los hombres de Frollo.

Sin saber que Frollo lo espiaba, Quasimodo alcanzó a Febo y le mostró el talismán gitano. Le explicó que era un mapa de París y siguieron el mapa hasta el cementerio. Allí, Quasimodo encontró unas escaleras escondidas bajo las tumbas y ambos descendieron por los oscuros túneles. Silenciosamente, los esqueletos tendidos a su alrededor, que en realidad eran gitanos disfrazados, se levantaron y empezaron a seguir a Febo y a Quasimodo.

De pronto quedaron sumidos en la oscuridad, y cuando se encendieron las luces, se vieron rodeados.

—¡Vaya, vaya! ¡Qué sorpresa! —exclamó Clopín saliendo de entre la gente. Escoltaron a Febo y a Quasimodo hasta una horca en el centro de ese asombroso lugar, donde los esperaban dos lazos corredizos. Clopín ordenó que los amordazaran y montó una farsa con marionetas simulando un juicio en el cual, muy pronto, los encontraron culpables de ser espías de Frollo.

En el momento en que iban a colgar a Febo
y a Quasimodo, Esmeralda saltó a la plataforma,
abriéndose paso entre la multitud.

—¡Un momento! —gritó—. ¡Estos hombres son
amigos nuestros! Éste es el soldado que salvó a la
familia del molinero, y Quasimodo me ayudó a
escapar de la catedral.

Después de que Esmeralda les hubo retirado las mordazas,
Febo se dirigió a la multitud.

—Vinimos a advertirles que Frollo se dirige hacia acá.

—Corrieron un gran riesgo en venir aquí —le dijo Esmeralda
a Febo—. Puede que no lo parezca, pero estamos agradecidos.

—No me lo agradezcas a mí —protestó Febo—. Agradéceselo
a Quasimodo, pues sin su ayuda yo nunca habría encontrado
el camino.

—¡Ni yo tampoco! —gritó Frollo, llegando triunfante con un ejército de soldados. Dando grandes zancadas se acercó a donde estaban Febo, Esmeralda y Quasimodo, mientras que los gitanos, asustados, trataban de escapar.

—Me trajo directamente hasta ustedes —dijo Frollo, dirigiéndole una sonrisa sarcástica a Esmeralda—. Él nunca defrauda a su amo.

—¡Entonces, usted lo tuvo que haber engañado! —lo acusó Esmeralda.

Quasimodo estaba horrorizado. Sus amigos
habían sido capturados y era culpa suya. Mientras
los soldados apresaban a Esmeralda y a Febo,
Frollo ordenó encadenar a Quasimodo en la torre
del campanario.

Al caer la noche, ya habían construido una plataforma en la plaza.
En ese momento apareció Frollo:

—La prisionera es culpable del crimen de hechicería ¡y queda
sentenciada a muerte! —anunció Frollo, mientras dos guardias ataban a
Esmeralda a un poste.

Cerca de allí estaba Febo, encerrado en una jaula y rodeado de guardias.
Impotente, miraba a Frollo acercársele a Esmeralda.

67

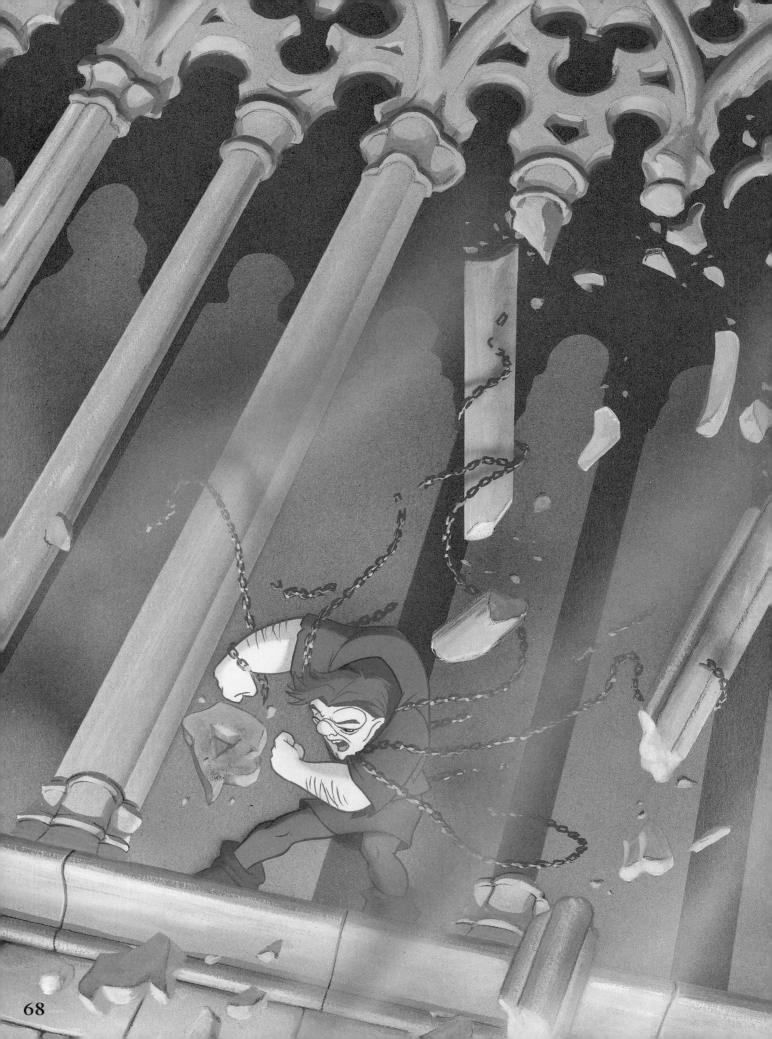

En la torre del campanario, Quasimodo estaba de rodillas, inmóvil y
derrotado, escuchando a las gárgolas que le instaban a salvar a su amiga.

De repente la voz de Frollo retumbó desde la plaza:

—Aquí la ven ante ustedes, expuesta como el monstruo que es —
proclamó.

—¡No! —gritó Quasimodo, comenzando a jalar las cadenas.
Quasimodo jaló con todas sus fuerzas hasta que las columnas se
derrumbaron y quedó libre.

Quasimodo se deslizó rápidamente por el muro de la catedral, cayó sobre la plataforma de la plaza y rescató a Esmeralda, defendiéndose con un madero de los soldados que se abalanzaron sobre él. Luego subió con Esmeralda por el muro de Notre Dame, ante la mirada atónita de la multitud.

Ileso, Quasimodo se subió al balcón y levantó a Esmeralda, que estaba inconsciente, por encima de su cabeza.

—¡Santuario! —gritó—. ¡Santuario! ¡Santuario!

—¡Tómense la catedral! —gritó Frollo, aunque no tenía autoridad sobre la Iglesia.

En la torre del campanario, Quasimodo colocó a Esmeralda sobre un jergón de paja. Luego salió al balcón y vio a los soldados de Frollo rodeando la catedral.

Quasimodo lanzó trozos de madera y de mampostería por
el costado de la catedral, haciendo que los soldados huyeran
en todas direcciones. Luego, levantó una viga y la arrojó
desde el balcón, aplastando el carruaje de Frollo.

Entre tanto, Febo le había quitado las llaves al guardia y se había salido de la carreta donde estaba prisionero, liberando también a Clopín.

—Ciudadanos de París —gritó Febo—, Frollo ha perseguido a nuestra gente, ha saqueado la ciudad... y ahora le declara la guerra a la misma Notre Dame. ¿Acaso vamos a permitirlo?

—¡NO! —gritó con furia la multitud, siguiendo a Clopín y Febo hacia la catedral.

En el interior de la catedral, Quasimodo y las gárgolas hacían todo lo posible por defenderse de las tropas de Frollo. Quasimodo ya se estaba cansando, y parecía que los soldados nunca se detendrían. Oía la puerta de la catedral ceder ante los golpes de las tropas.

—No hay esperanza —murmuró, tomando un momento para descansar.

De repente, tuvo una idea.

Hugo y Víctor avivaron las llamas debajo de una gran caldera llena de plomo que Quasimodo tenía en la torre del campanario. Quasi usó todas sus fuerzas para volcarla, y el líquido incandescente cayó por la pared de la catedral, frente a las puertas, como una cortina roja y caliente.

Los soldados soltaron la viga y huyeron, dejando a Frollo solo con su furia.

Frollo esquivó la lluvia de plomo y abrió la puerta de la catedral, forzándola con la espada.

Al mirar desde la torre del campanario, Quasimodo se regocijó:

—¡Los vencimos! ¡Retrocedieron! —gritó—. ¡Esmeralda, levántate! ¡Estamos a salvo!

Pero Esmeralda permaneció inmóvil.

Frollo se detuvo en la entrada del campanario y vio que
Quasimodo lloraba sobre el cuerpo de Esmeralda.

Cuando Quasimodo se arrodilló, Frollo levantó una daga sobre la cabeza del muchacho, pero Quasi vio la sombra de Frollo en la pared justo a tiempo y derribó a su atacante.

—Toda la vida me dijiste que el mundo era un lugar oscuro y cruel —dijo Quasimodo, irguiéndose ante Frollo—. Pero ahora veo que lo único oscuro y cruel que hay en el mundo eres tú.

—Quasimodo —llamó una suave voz en ese momento.

¡Era Esmeralda! Quasimodo corrió hacia ella y la tomó en brazos, mientras que Frollo, con la espada en la mano, los obligaba a salir al balcón. Frollo atacó a Quasimodo, quien trató de sostener a Esmeralda con un brazo y de sujetarse de una gárgola con el otro. Quasimodo saltó al otro lado del balcón, pero Frollo continuó atacándolo y lo cortó en la muñeca.

Finalmente, Quasimodo logró dejar a Esmeralda en un lugar seguro.
Luego, se subió sobre una gárgola y se enfrentó a Frollo.

Después de un forcejeo, ambos cayeron del balcón; pero Esmeralda
alcanzó a sostener a Quasimodo de una mano para evitar que siguiera
cayendo, mientras que Frollo, en el último momento, se pudo encaramar a
otra gárgola.

Esmeralda estaba ahora muy cerca de Frollo y éste levantó la espada. En ese instante, la gárgola se desprendió de la pared de la catedral y Frollo cayó, quedando tendido en medio de la plaza.

Esmeralda no pudo sostener más a Quasimodo. Su mano se le soltó y él también comenzó a caer. Rápidamente, Febo se asomó debajo y rescató a su noble amigo.

Al amanecer, los ciudadanos de París recogieron los
rastros de los destrozos causados por Frollo. Cuando se
abrieron las puertas de la catedral, Esmeralda y Febo
salieron a la plaza tomados de la mano. Momentos después,
al llamado de Esmeralda, Quasimodo salió a la luz del sol.
La multitud lo rodeó llena de curiosidad. Nadie sabía qué
hacer ni qué decir, hasta que una niñita se acercó a
Quasimodo y le acarició el rostro.

—¡Tres hurras por Quasimodo! —gritó Clopín.

En lo alto de la torre del campanario, Hugo, Víctor y Laverne sonrieron al ver la alegre escena de la plaza.

—¡Hurra! —gritaba la multitud con júbilo, llevando a Quasimodo en hombros por la plaza.

—¡Hurra! —gritaban, celebrando al héroe de la ciudad.